LE
BONHOMME MATHIEU,

CONTE POLITIQUE,

PAR M. S***.

Cantabit vacuus coram latrone viator.
(JUVÉNAL.)

Celui qui n'a rien à perdre peut chanter,
même en présence des voleurs.

PARIS,

J. BRÉAUTÉ, LIBRAIRE-ÉDITEUR,
PASSAGE CHOISEUL, Nº 60-62.

1830.

IMPRIMERIE DE GUIRAUDET.

LE

BONHOMME MATHIEU,

CONTE POLITIQUE.

IMPRIMERIE DE GUIRAUDET,

RUE SAINT-HONORÉ, N° 3i5.

LE
BONHOMME MATHIEU,

CONTE POLITIQUE,

PAR M. S***.

Cantabit vacuus coram latrone viator.
(JUVÉNAL.)

Celui qui n'a rien à perdre peut chanter,
même en présence des voleurs.

PARIS,
J. BRÉAUTÉ, LIBRAIRE-ÉDITEUR,
PASSAGE CHOISEUL, N° 60-62.

1830.

A MONSEIGNEUR

LE PRINCE DE POLIGNAC.

O toi, digne héritier d'une famille illustre,
Qui doit à ses vertus sa faveur et son lustre,
Ministre façonné par le génie anglais
Pour fixer à son gré l'avenir des Français,
Daigne avec bienveillance accueillir cet ouvrage;
Je l'écrivis pour toi, mon cœur t'en fait hommage;
Je le dépose aux pieds du Mécène nouveau,
Dont l'érudition est un brillant flambeau,
De ce grand homme enfin dont la seule présence
Sut ramener la paix et la concorde en France.

Tu ne m'entendras pas, d'une importune voix,

Retracer dans mes vers tes sublimes exploits;

Pour un sujet si grand ma muse est trop discrète :

Je charge de ce soin le Drapeau, la Gazette.

Eh! que pourrais-je apprendre à la postérité?

Ton nom seul est un titre à l'immortalité!

Poursuis avec chaleur une noble carrière.

Il ne te suffit pas du désir de bien faire :

Les fils de Loyola doivent compter sur toi ;

Interromps pour eux seuls le règne de la loi.

Assez, et trop long-temps, l'injustice et l'envie

De ces enfants du Ciel empoisonna la vie :

Rétablis leur splendeur, relève leurs autels,

Et rends-les de nouveau la terreur des mortels.

Je n'en disconviens pas, la tâche est difficile !

Comment plier au joug une foule indocile,

Un peuple dès long-temps de l'erreur infecté,

Qui respecte la loi, chérit la liberté,

Mais qui, considérant ta présence sinistre,

Ose, en aimant le roi, détester son ministre?

Si nous étions encor dans ce temps bienheureux,

Dans ce temps illustré par tes nobles aïeux,

Où le peuple, plongé dans un dur esclavage,
Opprimé pour son bien, était docile et sage,
Alors je te dirais : Confonds tes ennemis,
Règne par la terreur, tout te sera soumis;
Du despotisme abats la fragile barrière,
Recule ton pays de cent ans en arrière :
Tes exploits éclatants t'auront bien mérité
D'aller, comme Erostrate, à la postérité.
Ce projet doit sourire à ton âme intrépide;
T'en donner le conseil scrait être perfide.
Pendant ta longue absence, ici tout est changé.
Ce peuple turbulent veut être ménagé;
On ne peut du passé lui ravir la mémoire;
Il faudrait déchirer vingt pages de l'histoire.
A le heurter de front renonce désormais;
La constitution est trop chère aux Français;
En vain ton éloquence userait d'artifice;
Il faut pour les conduire une ombre de justice :
Tel est, tu t'en souviens, le penser d'un grand roi,
Malgré tout ton savoir, plus érudit que toi.
Pour le repos commun, conserve l'édifice;
Qu'il devienne en tes mains un instrument propice.

Il te doit le budget.... Si tu peux t'en saisir,

Tu le partageras suivant ton bon plaisir.

Tes sentiments loyaux égalent ta sagesse.

Dissimule avec art, agis avec adresse ;

Arrache ce budget, c'est le point principal ;

Écrase par ce coup le parti libéral.

Lui seul a tes projets met d'indignes entraves :

L'or te fera raison d'un vil troupeau d'esclaves.

—Mais la Charte me gêne; il faut l'abattre.—Eh! non :

Il faut changer la chose, en conservant le nom ;

Il la faut élaguer d'une main charitable,

Et laisser subsister l'article profitable.

Alors, bornant le cours de tes vastes travaux,

Tu savoures gaîment les douceurs du repos ;

Et si des factieux tu prévois le murmure,

Ta paternelle main rétablit la censure.

Ce moyen libéral serait digne de toi ;

Tu sers, en l'employant, ta patrie et ton roi.

Grand prince! dans l'éclat de ta haute fortune,

Dois-je te présenter ma requête importune ?

Je crois avoir des droits à ta protection;

Daigne m'encourager par quelque pension.

Alors tu me verras, au gré de mon envie,
Par mes faibles talents te consacrer ma vie.
Ouvre-moi tes trésors : on sait qu'en certains cas,
Tes pareils en donnant ne s'appauvrissent pas ;
Le budget fut toujours une mine féconde,
Qui, sans tarir jamais, enrichit bien du monde.
Tu le sais, te chanter est un destin fatal :
Phœbus en te louant irait à l'hôpital ;
C'en serait fait du dieu, si ta main protectrice
Ne venait des lecteurs réparer l'injustice.
Par un regard flatteur comble mon seul espoir,
Au rang de tes élus daigne me recevoir ;
Bientôt j'irai pour toi, plein d'une noble audace,
Détrôner les Sully, et te mettre à leur place.
Oui, je veux dignement célébrer dans mes vers
Tes immortels travaux, qu'ignore l'univers ;
Et, pour mieux éclairer ma démarche intrépide,
C'est toi que je choisis, tu dois être mon guide ;
Et si, par un revers que l'on peut concevoir,
La volonté du roi t'arrachait le pouvoir,
Ma muse, à mon héros toujours tendre et fidèle,
Irait chez Albion pour te prouver son zèle.

Là , parmi les Anglais , il me serait permis
De te voir entouré de tes meilleurs amis.
Ah ! d'avance je sens mon esprit , qui petille ,
Chanter : Qu'il est heureux au sein de sa famille !...

LE

BONHOMME MATHIEU,

CONTE POLITIQUE.

Dans un village, aux confins de la France,
Vivait un bon vieillard, nommé maître Mathieu,
Que chérissaient les habitants du lieu
Pour son grand âge et son expérience.
Lui seul était l'arbitre du canton ;
Par lui tout se jugeait, et jamais sa sentence
Ne trouvait d'opposition.
Il méritait le nom de sage,
Car, sans avoir la science en partage,
Il raisonnait aussi bien qu'un docteur.
De l'Évangile il était sectateur;
Et, puisant dans ce divin livre

Les maximes qu'il devait suivre ,
Il rejetait , comme fruit de l'erreur,
Des fourbes l'argument trompeur.
Tel fut ce bon Mathieu depuis son plus jeune âge ;
Mais , comme habitant de village ,
Il avait cependant quelques petits défauts :
Il connaissait la Charte et lisait les journaux.
« Lire un journal est crime irrémissible,
Capable de corrompre un habitant paisible ,
Disait au receveur monsieur le sous-préfet ;
Et tous les jours nous en voyons l'effet.
Ce bonhomme prétend répandre les lumières :
Il ferait mieux de cultiver ses terres.
Mais tel est le monde aujourd'hui :
Par une erreur grossière ,
Chacun , en sortant de sa sphère ,
Veut se mêler des affaires d'autrui.
Pourrait-on cependant taxer notre exigence ?
De ce peuple mutin que voulons-nous ? l'impôt.
Le droit nous appartient de fixer la dépense ;
Et payer n'est-il pas son lot ?
Je ne le sens que trop, jusque dans le village
Les journaux ont soufflé leur rage ;
Leur force ébranle l'univers ;
A leurs coups meurtriers rien ne saurait survivre ;

Et je voudrais avoir tous ces écrits pervers,
Pour goûter le plaisir de les vendre à la livre. »

Mathieu n'ignorait pas qu'il était mal noté,
        Et de séditieux traité ;
        Mais, connaissant son innocence,
Rien ne pouvait le forcer au silence :
        A tous il expliquait leurs droits ;
        Il les exhortait à bien faire ;
Et, s'il prêchait l'obéissance aux lois,
Il voulait que chacun repoussât l'arbitraire.
L'arbitraire ! bon Dieu ! sans doute il avait tort.
        En possédant de grands ministres
Doit-on songer à ces choses sinistres :
Non, sur ce point les Français sont d'accord.
Mais nul mortel n'est exempt de faiblesse.
L'excuse du bonhomme était dans sa vieillesse :
        En effet, vouloir un seul jour
        Forcer un vieillard de se taire
        Est aussi difficile affaire
Que rendre ami du peuple un homme de la cour,
        Ou loyal un folliculaire.

        Un jour les notables du lieu
        Se réunirent chez Mathieu

Pour causer d'affaire importante.

Mais, direz-vous, une réunion,

Surtout d'hommes lésés, n'est jamais innocente ;

Elle conduit à la sédition ;

On n'y caresse point la main qui nous opprime ;

Et blâmer nos Colbert n'est-ce donc pas un crime ?

Ainsi le jugent nos seigneurs.

Eh ! s'il fallait à ces messieurs

Oter tous leurs sujets d'alarmes,

Tous nos soldats deviendraient des gendarmes ;

Encor ne suffiraient-ils pas.

Ici c'était tout autre cas.

Il ne s'agissait point de reproches frivoles

De fraude, de concussions ;

On sait le résultat de ces belles paroles :

C'est d'aller meubler des cartons.

Un point plus important les occupait sans doute :

Une rivière arrosait le pays ;

Un pont de bois y fut placé jadis,

Qui du hameau voisin leur indiquait la route.

Mais survinrent *nos bons amis :*

Des douceurs de la paix ils apportaient les gages,

Détruisant nos cités, embrasant nos villages ;

Et, si l'on croit cependant leurs patrons,

Ils venaient, en amis, confondre l'arbitraire,
Prévenir le retour des révolutions,
Et chasser pour jamais les horreurs de la guerre.
Pour moi, je tiendrais pour certain
Qu'ils en voulaient à notre bien.
Mais, sur semblable affaire,
Le mieux est de se taire :
Car, malgré notre liberté,
Je crains autant notre bonne police
Qu'un innocent en Espagne arrêté
Craint les bourreaux du saint office.
Rien n'était respecté dans ces jours malheureux.
Un pont encor debout aurait blessé leurs yeux :
Il fut brûlé dans cette circonstance.
S'opposer à cela n'était point de saison :
De tout détruire ils avaient la licence ;
Le plus fort a toujours raison.
Enfin, après avoir déployé leur courage
Dans l'incendie et le pillage,
On vit partir ces chers amis.
Je dis chers, ce mot m'est permis ;
Et l'on connaît le destin de la France ;
Ses habitants sont généreux :
Occupés, occupants, vaincus, victorieux,
Des frais de guerre ils payent la dépense.

De ce départ les habitants du lieu
Avec ferveur rendaient grâces à Dieu,
Et par mille transports manifestaient leur joie
En voyant l'ennemi s'éloigner de sa proie.
Aussitôt, d'un commun accord,
Croyant saisir l'instant propice,
A monsieur le préfet ils demandent justice,
En lui représentant le tort
Que le pont abattu peut causer au village.
Monsieur le préfet était sage ;
Et pour faire bon droit à leurs pétitions,
Elles vont sans tarder pourir dans ses cartons :
Pouvait-il faire davantage ?

Cependant depuis lors quinze ans sont écoulés :
Point de nouvelles favorables.
On pense pourquoi les notables
Sans l'ordre du préfet se trouvaient assemblés.
Au mal présent il fallait un remède.
Vingt projets furent présentés,
Lus, relus, discutés ;
Mais, se trouvant impraticables,
Ils furent rejetés.
Sur ce point délicat on avait besoin d'aide.
Alors Mathieu se lève et leur tient ce discours :

« Messieurs, dit-il, on vous propose
D'aller solliciter et maire et sous-préfet.
　　　Ou j'entends mal la chose,
　　Ou nos soins seraient sans effet.
Vit-on jamais la race moutonnière
Chercher protection sous la griffe des ours?
　　Y songer ce serait chimère;
Et nos petits seigneurs me sont trop bien connus
Pour croire qu'aux honneurs une fois parvenus
　　　Ils entrent dans notre misère.
　　　Pour qu'un maire fût respecté,
　　　Et qu'il eût notre confiance,
　　　Il faudrait, je le pense,
Qu'il fût nommé par nous, non par l'autorité.
Des autres magistrats dont abonde la France
　　　Vous connaissez les fonctions :
C'est de nous préparer pour les élections.
　　　Aussi, dans cette circonstance,
　　　Nous les voyons aussi rampants
Que ces messieurs dorés qu'on nomme courtisans.
Mais, après le péril, on change de langage;
　　　On nous dédaigne, on nous outrage.
Ah! combien était doux le sort du peuple hébreu!
　　　Il n'avait affaire qu'à Dieu,
Et ne dépendait point de ces fonctionnaires

Qui sans raison embrouillent les affaires.

La Charte, direz-vous, nous garantit nos droits.
Son fondateur l'a voulu, je le crois;
Mais un ministre charitable
Sait la rendre méconnaissable,
Et tous les jours, comme un faible roseau,
Elle fléchit sous un effort nouveau :
C'est la maison du presbytère,
Qui, par le bon plaisir de tous nos desservants,
Éprouva de tels changements
Qu'elle n'a rien gardé de sa forme première.

Sur le point agité voulez-vous mon avis?
Pour rendre le destin propice
Et pouvoir obtenir une prompte justice,
Nous devons députer l'un de nous vers Paris.
Il faut qu'au monarque il s'adresse,
Qu'il lui montre la vérité :
Tous nous savons que sa sagesse
Égale sa bonté.

Jusqu'au roi d'arriver est chose difficile :
Comment percer cette troupe servile
De courtisans adulateurs,

Dont les discours trompeurs,

En corrompant nos princes,

Font le malheur de nos provinces?

La vérité paraît comme un monstre odieux

Dont le seul nom les effarouche;

Et, pour parer son effet dangereux,

Elle s'altère en passant par leur bouche.

Sur tout ils étendent leurs droits;

Ils trouvent bons tous les emplois :

Car à la cour il n'est si bas office

Qui n'ennoblisse;

Tout est seigneur, jusques au marmiton,

Dont un titre pompeux vient décorer le nom.

Et vous allez peut-être croire

Que ces descendants de héros

Pourront vous opposer de glorieux travaux?

Pour les juger ouvrez l'histoire :

Vous verrez ces mortels, enflés de vanité,

Esclaves de leur roi dans la prospérité,

Lorsqu'il est en péril se montrer plus timides

Qu'à dépouiller le peuple ils étaient intrépides;

Vous les verrez oublier leur serment,

Trahir leur bienfaiteur en fuyant lâchement.

En vain il les rappelle :

Cette troupe lâche et rebelle

Sous le fer des bourreaux le laisse sans appui ,

Au lieu de le sauver ou périr avec lui.

Sauver leur prince !... ils ont jugé plus sage ,

Pour éviter l'orage ,

De fuir chez l'étranger.

Ce n'était manque de courage :

Sans doute ils voulaient le venger....

De loin , sans exposer leur vie.

Enfin tous ces héros ont revu leur patrie.

Ils sont jugés à leur retour

Ce qu'ils étaient jadis, de bons valets de cour.

J'ai dû , messieurs, sur ce point vous instruire.

Vous le voyez, contre nous tout conspire ;

Mais , si nous étions rebutés ,

N'avons-nous pas nos députés ?

Mettons en eux notre espérance :

Ce sont les élus de la France ;

Ils ont pour règle l'équité. »

Ce superbe discours, en silence écouté,

De chacun obtint le suffrage ;

Et sans nulle opposition
On adopta la proposition ;
Le bonhomme Mathieu fut chargé du message.

Aussitôt, sans perdre de temps,
Le vieux Léonard on appelle :
C'était le magister. On savait que son zèle
Égalait ses talents.
Il avait autrefois exercé dans la ville ;
Mais, n'ayant pas l'âme servile,
Dans son école, un beau matin,
Il se vit remplacé par un *ignorantin*.
Sans se plaindre il fallut dévorer cet outrage.
Il vint s'établir au village.
Il eut raison, je le dis entre nous :
Qui ne sait pas hurler avec les loups
Doit éviter leur voisinage.

Au surplus, qu'est l'instruction ?
Un moyen de corruption.
A quoi bon pâlir sur un livre ?
Sans rien savoir ne peut-on vivre
Et s'occuper de ses travaux ?
Les peuples sont de vils troupeaux ;

Et si tous savaient lire,

Quel mortel pourrait les conduire ?

Léonard se présente enfin.

En réclamant son ministère

On l'avait mis au courant de l'affaire ;

Il en savait et le fort et le fin.

Sans plus discourir il compose

Les deux placets, objet de tous leurs vœux.

Il les écrit en style harmonieux,

En ce style brillant qui n'est ni vers ni prose,

D'un fréquent usage à Paris,

Parmi nos beaux-esprits.

On croit qu'il doit le jour à cette école habile

Qui, dédaignant une règle servile,

Sans étude et sans art sut trouver le vrai beau.

La poétique de Boileau,

Il le faut confesser, ressemble à l'Évangile :

La pratiquer est difficile ;

Et puis, pour plaire, il fallait du nouveau.

Honneur à l'école sublime

Qui, par l'effort de ses doctes héros,

Du joug de la raison sut dégager la rime !

En vain Racine, avec ses madrigaux,

Vient pour combattre la réforme :
Il n'est plus de saison ; il faut qu'il nous endorme.

    Le travail étant terminé,
    Par tous il fut examiné.
Rien n'y manquait : l'un et l'autre mémoire
Du pont détruit présentaient bien l'histoire ;
    On dit même que Léonard,
    Soit par l'effet de sa malice,
Ou seulement par l'œuvre du hasard,
    Signalait plus d'une injustice ;
Qu'il y blâmait certains prédicateurs
    Dont la présence, aux mœurs fatale,
Était partout un sujet de scandale,
Et devenait l'effroi des vrais pasteurs ;
Qu'il peignait leur esprit au bon ordre contraire,
Et soufflant en tous lieux la discorde et la guerre (1) ;
Enfin qu'il proposait d'en purger l'univers,
Ou de les envoyer prêcher dans les déserts.

On signe cependant. C'est Mathieu qui commence :
    Aux deux placets il appose son nom ;
Et, malgré sa vieillesse, on lui voit l'assurance
D'un ministre signant la destitution
    D'un généreux défenseur de la France.

Les assistants, remplis d'ardeur,

Veulent partager cet honneur :

D'arriver les premiers ils se font un mérite ;

Et, la plume à la main, chacun se précipite.

Il n'est jusqu'au vieillard Thomas

Qui ne saurait céder le pas,

Et qui, trompé par le feu qui l'inspire,

Ne se rappelle plus qu'il ne sait pas écrire.

Tout étant disposé pour un succès heureux,

On lève la séance,

Et nos bons villageois conçoivent l'espérance

D'obtenir l'objet de leurs vœux.

Le bonhomme aussitôt, pour sceller l'alliance,

Veut qu'un vin frais soit apporté

Pour être par eux dégusté.

Chacun répond par un cri d'allégresse.

Ses vins avaient de la vieillesse ;

Il le devait aux soins des gouvernants :

Car ces messieurs et leurs agents

Aux débouchés suscitent mille entraves,

Et les meilleurs vins ont le temps

De vieillir dans les caves.

Chaque mois cependant on réclame l'impôt ;

Sans être du festin il faut payer l'écot.

Mais la dépense est librement votée ;

Toujours chez les Français la loi fut respectée ;
Et cette Charte, ouvrage d'un grand roi,
Des seuls privilégiés l'effroi,
Pesant les intérêts dans sa juste balance,
Devient du souverain la gloire et la puissance (2).

Aussi Mathieu se consolait,
Et sa gaîté le soutenait.
« Si je ne vends mes vins, répétait le bonhomme,
J'ai le remède sous ma main :
Avec vous tous je les consomme. »
Nos égrillards, trouvant le remède certain,
En prirent pour le jour et pour le lendemain.
Enfin la troupe se sépare ;
Chacun regagne son logis,
De ses soins espérant le prix ;
Et le bon Mathieu se prépare
A partir dès l'aube du jour.

Enfin, la cloche du village
Du soleil marque le retour :
Il faut sans plus tarder commencer le voyage.
Semblable au courtisan dont un songe trompeur
Par un nouvel espoir vient chatouiller le cœur,
Et qui, vers le vieux temps croyant trouver la voie,

Pour ressaisir sa proie,
Rejette les douceurs d'un sommeil bienfaisant,
Le vieillard, encor plein des discours de la veille,
En sursaut se réveille,
Et se dispose à partir à l'instant.
Il existait dans l'écurie
Une selle, neuve jadis,
Mais qui, servant de père en fils,
Se trouvait tant soit peu pourie.
Notre homme la saisit, brosse son bois poudreux,
Et, la rajustant de son mieux,
En décore un baudet de superbe encolure,
Qui quelquefois lui servait de monture.
Qui fut bien étonné? ce fut maître Martin;
De devoir sortir si matin,
C'était pour lui merveille,
Et tout pensif il dressait son oreille.
Allons-nous, pensait-il, à la guerre d'Alger?
Mon maître voudrait-il éprouver mon courage?
On me connaît : au moment du danger,
Je prends le parti le plus sage;
Je mets ma gloire et mon honneur
Dans le métier de déserteur.
Il n'avait pas fini; mais son maître le presse :
Force lui fut de gagner le chemin,

Et Mathieu sur son dos s'élance avec adresse,
Plus fier qu'un empereur romain.
En peu de temps ils sont loin du village.
Martin trottait avec ardeur,
Et notre député, s'érigeant en censeur,
Critiquait tout sur son passage.
« Partout on reconnaît nos administrateurs.
Voilà, se disait-il, ces routes tant vantées :
Je mets en fait que les prôneurs
Ne les ont jamais fréquentées.
Nos chemins sont à peine bons
Pour les simples piétons ;
On n'y peut faire un pas sans trouver des ornières.
Autant vaudrait, ma foi, voyager dans les terres.
Pour être mieux servis nous payons cependant,
Et l'on pourrait facilement,
Avec ce qu'il en coûte,
De Paris à Pékin établir une route,
Et la paver d'argent. »

Enfin on touche au terme du voyage ;
De Notre-Dame on aperçoit les tours.
Mathieu fait trève à ses discours,
Pour songer aux moyens de remplir son message.
Dans la ville, autrefois, il avait deux amis.

« Voyons-les, se dit-il, pour le bien de l'affaire.

De leur logis j'ai pris l'itinéraire :

Je suis solliciteur, tout doit m'être permis. »

L'un, pour sa probité renommé dans la ville,

    Y exerçait un art utile ;

L'autre était un manant, aux honneurs parvenu,

Dire comment... n'importe... On connaît sa richesse ;

Et monsieur le marquis peut vanter sa noblesse,

Pour noble à trois quartiers il sera reconnu.

Tel on voit tous les jours traîné dans sa litière,

Qui serait, selon moi, bien mieux placé derrière.

   Pour se rendre chez le dernier,

  Des deux talons il presse son coursier,

Et Martin galopa, quoiqu'il n'en eût envie,

   Cette seule fois dans sa vie.

  Sans s'arrêter il gagnait du terrain,

  Car sa route était bien tracée ;

  Mais il rencontre un obstacle soudain :

Une nouvelle rue avait été percée,

   Et rien n'en indiquait le nom.

   Alors, voulant sortir de peine,

    Il court vers la prochaine :

Même obstacle existait ; nulle indication.

« A quoi sert, dit Mathieu, le chef de la police ?

Il s'acquitte, ma foi, fort bien de son office,

Et son état-major peut prendre du bon temps.

Sur mon honneur, voilà d'heureuses gens ;
Ils passent, sans ennui, pour gagner leur salaire,
La nuit à bien dormir et le jour à rien faire.

Il n'en est pas ainsi chez nous. »

Eh ! tout beau ! Mathieu, taisez-vous.
Vous ignorez qu'un préfet de police
A , par sa charge, d'autres soins
Que de pourvoir à nos besoins ;
Il n'est pas préfet de justice.
Soyez jaloux de votre liberté :
On ne peut sans malheur dire la vérité,
Et vous devez savoir vous taire ;
Ou bientôt, condamné comme séditieux,
Et peut-être enchaîné près d'un forçat hideux
Pour vous rendre au séjour qu'habite la misère,
Vous pourrez alors juger mieux
Si ces messieurs sont payés pour rien faire (3).

Le bonhomme, encore incertain,
Voulait attendre au lendemain.
« Mais, se dit-il, je juge en somme
Que tout chemin conduit à Rome :
Prenons pour guide le hasard.

Partout il m'est permis de fixer ma demeure.»

Il fit fort bien : en moins d'une heure

Il a gagné le boulevart.

Le sort semblait lui devenir propice,

Quand Martin, soit fatigue, ou l'effet d'un caprice,

S'arrêta court, sans vouloir faire un pas.

Notre cavalier saute bas,

Et, d'un valet de cour déployant la souplesse,

Pour dompter l'animal, le flatte avec adresse :

Il croyait le moyen certain,

Et savait qu'à la cour, aussi bien qu'à la ville,

On flagorne un âne au besoin (4).

Son discours étant inutile,

L'obstiné, sans raison, prenant tout au rebours,

Il fallut de la force employer le secours.

Il prend la bride, et le méchant compère,

Loin d'avancer, se rejette en arrière;

Mais un équipage en passant

Heurta l'âne si rudement,

Que l'homme et le baudet vont mesurer la terre.

Mathieu, dans sa mauvaise humeur,

Regrettant son village,

Donnait au diable de bon cœur

Paris, le maître et l'équipage.

Alors quelqu'un, par charité,

Du promeneur lui dit la qualité :
« C'est un prélat ; craignez, bonhomme,
De fronder les élus de Rome.

— Eh ! reprend le vieillard, est-ce donc un honneur
D'être écrasé par *Sa Grandeur ?*
Ce que je vois chez vous vient m'échauffer la bile.
Sans doute, il faut de bons appointements
Pour payer ce luxe inutile.
Combien je plains nos pauvres desservants !
La vigne du Seigneur pour eux n'est pas fertile.
— Revenez donc de votre erreur,
Ajouta l'autre en faisant le docteur :
Le luxe est nécessaire aux princes de l'Eglise
Pour nous guider vers la terre promise,
Et le respect qui leur est dû
Sans un faste imposant leur serait-il rendu ?
— Le faste ! dit Mathieu, tout bouillant de colère.
Notre divin Sauveur allait-il en litière ?
Voyait-on l'or briller sur ses pompeux habits ?
Le voyait-on, éclatant de rubis,
Prêcher le néant de la terre ?
Ses apôtres étaient pêcheurs ;
Tous se distinguaient du vulgaire
Par la pureté de leurs mœurs,

Et leur conduite, appuyant leur doctrine,
Faisait chérir la parole divine.
 Aujourd'hui la religion
 Sert à couvrir l'ambition ;
 C'est le manteau de l'hypocrite.
 La preuve de sa sainteté,
 C'est de voir qu'elle a subsisté
 Malgré l'indécente conduite
De ceux que nous voyons prêcher la vérité (5). »

Ayant ainsi parlé, Mathieu se met en route
 Pour gagner l'hôtel du marquis,
Et maintenant il sait ce qu'il en coûte
 A qui veut visiter Paris.
Aussitôt arrivé, notre rusé compère
 Se présente, et dit au valet :
« Vite introduisez-moi, mon ami, s'il vous plaît.
Je viens avec monsieur régler certaine affaire. »
 Alors pour lui s'ouvrent les deux battants ;
 Il entre sans perdre de temps.
 Qui fut surpris ? sans peine on le devine,
Et notre parvenu faisait piteuse mine ;
D'éviter le bonhomme il n'était nul moyen.
 Prenant alors le parti le plus sage,
 Après avoir composé son visage,

Il se hâta d'entamer l'entretien.

« Eh! c'est Mathieu! Vous à la ville?

J'en suis surpris, en vérité.

De vous voir mon âme est ravie.

— Étant si près de vous, j'ai pris la liberté....

— Vous comblez ma plus chère envie;

Et vous devez compter sur mon secours

Si dans Paris je peux vous être utile. »

Encouragé par son discours,

Notre envoyé l'affaire lui expose.

Le marquis lui répond : « J'entends fort bien la chose.

Un placet au roi.... ce n'est rien :

Vous pourrez, sans faveur, le présenter demain. »

Ensuite on raisonna sur la chose publique;

Et puis, de propos en propos,

La conversation tomba sur les journaux

Organes de la politique.

Le marquis, avec feu, blâmait leur liberté,

Qu'il traitait de licence,

Et prétendait que leur zèle effronté,

En voulant l'éclairer, bouleversait la France.

« Mais, dit Mathieu, l'autorité

Met tous ses soins à prouver leur mérite ;
Et chaque condamnation ,
Venant augmenter leur renom ,
Est la règle de leur conduite. »

Mathieu ne raisonnait pas mal :
Condamner un journal
C'est ce qui le retrempe ;
C'est remettre , en un mot , de l'huile dans la lampe.
Selon moi , le gouvernement ,
Par sa sévérité , n'agit pas sagement.
Eh ! de grâce, laissez opérer la nature :
Ce beau feu s'éteindra faute de nourriture ;
Et tels journaux , s'ils n'étaient condamnés ,
N'obtiendraient pas dix abonnés (6).

Mathieu , pour fruit de sa visite ,
Obtint un seul conseil ; mais un conseil gratis
Est chose assez rare à Paris ,
Où , mieux qu'en nul endroit du monde ,
Des intrigants la foule abonde.

Enfin il prit congé du nouvel enrichi ,
Qui , de sa contrainte affranchi ,

Reconduisit le bonhomme au plus vite ;
Se promettant, à l'avenir,
De repousser des gens qui le faisaient rougir,
Et de consigner à sa porte
De ses anciens amis l'importune cohorte.

Le lendemain le voyageur
A partir se prépare :
Il veut paraître avec honneur,
Et d'un habit neuf il se pare.
Ensuite il monte sur Martin,
Qui cette fois ne fit pas le mutin.

Bientôt, au détour d'une rue,
Le palais de nos rois vient s'offrir à sa vue.
Dans la cour il veut pénétrer :
Il était sur le point d'entrer
Quand un soldat lui barre le passage.
« Vous pas passer. — Pas passer ! et pourquoi ?
Ne puis-je donc parler au roi ?
Pour avoir cet honneur j'ai fait un long voyage,
Et je dois accomplir mon vœu. »
Le soldat lui répond ; il ne peut le comprendre.
Un assistant dit à Mathieu :

« Bonhomme, pour entrer, il vous faut faire en sorte
　　　Que votre âne reste à la porte.
— Ah ! grand merci : maintenant je conçois.
Il devait m'avertir. — Il vous l'a dit cent fois;
Mais il parle allemand : vous n'avez pu l'entendre.
　　　— Il fallait qu'il parlât français.
　　— Et s'il est Suisse? — En voilà bien d'une autre,
　　　Reprend le bon apôtre :
Ce sont des étrangers qui gardent le palais!
Nous connûmes par eux les horreurs de la guerre (7),
Et nous devons encor, pour comble de misère,
　　　Les héberger en temps de paix! »

S'exprimer de la sorte est-ce donc être sage?
On voit que le vieillard arrivait du village :
　　　Il ignorait que de nos jours
　　La garde suisse est d'un puissant secours,
Puisque les grands moyens ne sont plus de merveilles(8).
　　Et, selon moi, ce serait mieux encor
　　　Si l'on pouvait, au poids de l'or,
Se forger des soldats sans yeux ni sans oreilles (9).

　　　Cependant notre ambassadeur,
　　Pour obéir, descend de sa monture ;

Et le destin, pour son malheur,
Lui réservait autre aventure.

Sans peine il parvint au palais.
Mais il fallait avoir accès;
Et Mathieu ne savait que faire
Pour pouvoir se tirer d'affaire,
Quand il aperçut un chasseur
Tout couvert d'or et portant l'épaulette.

« Bon, dit-il, je vois un seigneur :
Si je pouvais l'avoir pour interprète !
De m'adresser à lui je ne ferai pas mal :
C'est pour le moins un général (10). »

Aussitôt il l'aborde,
Et sans délai commence son exorde.
Mais il se voit tout à coup arrêté
Quand l'autre, tout confus, lui dit sa qualité.

« Ah ! pardon, répond le bonhomme :
Mon erreur n'a rien de choquant ;
Et dans le monde il arrive souvent
Pour un valet de prendre un gentilhomme. »

A s'adresser au suisse il se décide enfin.

Voulant l'intéresser, il prend un air bénin.

Vers sa loge il s'avance;

Et, lui faisant la révérence :

« Mon ami, lui dit-il, je veux parler au roi.

–Vous parler au roi? vous? –Et pourquoi pas? oui, moi.

–Vous ne sauriez entrer dans ce triste équipage.

– Que me manque-t-il donc? J'ai mon plus bel habit :

Pour mes besoins il me suffit;

Il est à mon rang convenable.

– Mais en guêtres de toile on ne peut être admis :

De vous laisser passer il ne m'est pas permis.

Quand vous serez plus présentable,

Alors nous verrons.... Revenez. »

Et, sans attendre sa réplique,

Il lui poussa la porte au nez.

Le vieillard, détrompé d'un espoir chimérique,

Fort mécontent, va retrouver Martin;

Et, se remettant en chemin,

Sans accident, en moins d'une heure,

De l'artisan il gagne la demeure.

Comme un marquis il n'était pas logé;

Mais il reçut notre homme en vieille connaissance,
Et, par son bon accueil, lui prouva que l'absence
Pour ses anciens amis ne l'avait pas changé.

L'ambassadeur alors reprend courage.
Il raconte à Bertrand l'objet de son message,
En réclamant un bon avis
Qui pût l'aider à servir son village,
Et qui hâtât son départ de Paris.

« Attendez, dit Bertrand, la chambre est assemblée :
Nous ne ferions pas mal,
Pour emporter votre affaire d'emblée,
De voir le chef du parti libéral ;
C'est un banquier.... » Il le lui nomme.
« Oh ! que nenni, dit le bonhomme.
Pour libéral, j'affirmerais que non ;
Je le connais fort bien de nom.
— Je sais ce que vous voulez dire :
La rente, n'est-ce pas ? — D'accord, et vous trouvez
Que ce trait-là n'est pas assez.
— Ah ! parbleu, vous me faites rire !
N'est-ce donc pas un financier ;
Et, Sganarelle politique,

En s'occupant de la chose publique,
    Il devait faire son métier. »

    Le vieillard sentait mal la chose,
    Et, s'il ne disait mot pour cause,
Il ne voulait convenir de son tort.
Son ami, voyant bien qu'ils n'étaient pas d'accord,
D'un autre député propose l'assistance.
« Celui-ci, lui dit-il, je dois en convenir,
    Emporte la balance;
    A lui nous pouvons recourir.
De l'opprimé défenseur intrépide,
Il prend toujours la justice pour guide;
    L'intérêt du peuple est le sien :
La liberté n'a pas de plus ferme soutien,
    Et peut tout en attendre.
    Mais un point devra vous surprendre :
    Pour son savoir il est vanté,
    Et l'on tient que sa probité
    Égale sa vaste éloquence :
Qui le croirait? il est de la finance!
    De ce pas allons l'engager
    A vouloir bien vous protéger :
    Un député de ce mérite

Doit assurer la réussite. »

Mathieu la chose embrasse avec ardeur.
Alors, plein d'un espoir flatteur,
Il marche d'un air intrépide,
Et son ami lui sert de guide.
Comme ils cheminaient lentement,
Ils s'entretenaient en marchant.
Le vieillard, suivant sa coutume,
Blâmait tout avec amertume,
Et, du ministre altier jusques à son suppôt,
Chacun avait son lot.

Bertrand le reprenait : « Tout, disait-il, vous blesse ;
Il n'est rien de bon à vos yeux.
Respectez au moins la noblesse :
Ainsi le faisaient nos aïeux.
C'est un mal, direz-vous, mais un mal nécessaire ;
Du peuple au roi c'est l'intermédiaire.
Je veux vous faire une comparaison :
Parvient-on sans degrés au clocher du village ?
—Non, dit Mathieu, d'accord, et vous avez raison ;
Mais convenez, en homme sage,
Que, s'ils sont pouris vos degrés,

L'on n'y parvient pas davantage. »

L'entretien prenait un tour fâcheux ;
Ils étaient têtus tous les deux ;
Mais, de l'élu du peuple ayant franchi la porte,
De leur discussion ils furent délivrés.
Mathieu, que son ardeur transporte,
En deux sauts gagne l'escalier.
L'ambassadeur doit passer le premier ;
C'est lui qui porte la parole.
Il s'exprima sans hyperbole,
Voulant en sa faveur gagner le député.
Il sont reçus avec bonté.
Le protecteur prend le mémoire,
Et, parcourant tout ce grimoire :
« De mon appui, dit-il, soyez certain ;
Ce que vous réclamez sera jugé demain. »
Ensuite avec douceur du vieillard il s'informe
De l'état du pays, et si ces bonnes gens
De leur destin étaient contents.
A tout cela Mathieu répondait pour la forme ;
Mais, s'il n'osait parler, il n'en pensait pas moins.
« Oh ! disait-il tout bas, quelle excellente affaire
Si nous pouvions l'avoir pour maire :

Sans doute bientôt, par ses soins,
Le pont de bois se changerait en pierre. »

Tout terminé, nos deux amis
De l'artisan regagnent le logis ;
Et le lendemain, de bonne heure,
Voyant le soleil de retour,
Bertrand crie au vieillard : « Hâtez-vous, il fait jour ;
A la chambre élective, eh ! vite, il faut nous rendre ;
Il faut partir sans plus attendre.
—Je suis, répond Mathieu, dans mon premier sommeil ;
Si j'ai fermé l'œil, que je meure :
Accordez-moi de grâce une heure.
A quoi bon se hâter :
La séance est publique, à tous elle est commune,
Et sans faveur on y peut assister.
— Mais pour le peuple il n'est qu'une tribune,
Reprend l'autre aussitôt ;
Et, si nous n'arrivons bientôt,
De voir tout occupé nous aurons la disgrâce.
— Quoi, dit le villageois, tout est pour les acteurs !
On néglige les spectateurs,
Et l'on sait cependant qu'ils payent bien leur place.
Me voici prêt, et je suis tout à vous :

A la séance rendons-nous ;
Dépêchons , puisque l'heure presse. »

Alors nos voyageurs marchent avec vitesse ,
Et bientôt le palais s'offrit à leurs regards.
Arrivés sur le pont , l'une et l'autre statue
De Mathieu vient frapper la vue.
Il n'était pas versé dans les beaux-arts ;
Mais , à tout se montrant contraire ,
De critiquer il crut trouver matière.

« Si l'on doit comparer , disait-il , ces héros
Avec tous nos Sully nouveaux ,
Ce n'était pas assez , je pense ,
Pour établir la différence ,
De leur donner quelques mètres de plus. »

Mathieu s'exprimait mal ; mais on l'entend sans peine.
En effet comparez de Bourmont à Turenne :
En faveur du premier fussiez-vous prévenus ,
Vous conviendrez qu'entre eux il est plus de distance
Que de Saturne à l'astre de Vénus.

Ils étaient les premiers. Aussitôt l'ouverture ,

Dans l'édifice ils sont admis.

De parler haut il n'était point permis;

C'était pour le bonhomme une peine bien dure :

Il aurait voulu découvrir

Les députés qui devaient le servir;

Mais, excepté quelques élus du centre,

Qu'il reconnut d'abord à l'ampleur de leur ventre,

A pénétrer tout autre il ne put parvenir.

En nombre suffisant la chambre est réunie :

Alors l'auguste compagnie

Commence ses travaux.

De chaque affaire au comité soumise

Le rapporteur fait l'analyse,

Et donne l'avis des bureaux.

Enfin le pont est mis en cause.

L'ordre du jour le comité propose :

L'ordre du jour est adopté.

« Nous l'emportons! » dit notre homme enchanté ;

Et hors de la salle il s'élance.

Bertrand le suivait en silence,

Et lui disait : « Que faites-vous?

Où voulez-vous aller? — Je retourne chez nous

Pour annoncer le gain de notre affaire.

— Revenez donc de votre erreur,

Et sachez qu'au contraire

Tout est perdu. — Vous badinez. — D'honneur.

— Et cet ordre du jour? — C'est la forme usitée

Pour dire avec douceur : L'affaire est rejetée.

Mais rentrons, s'il vous plaît ;

Nous verrons voter le budget :

C'est fort divertissant.... — Et qu'y pourrais-je faire?

Dit Mathieu, ne pouvant contenir sa colère.

A quoi me servirait d'entendre discuter,

Approuver, contester,

Si pour seul résultat la France

Voit tous les ans s'accroître la dépense ?

Pour moi j'en ai suffisamment,

Et quitte la ville à l'instant. »

Soudain il court chercher son âne et son bagage ;

Et, reprenant le chemin du village :

« Si je reviens, se dit-il, à Paris,

Ce sera dans un temps où notre ministère

Contre nous cessera la guerre,

Pour ne plus s'occuper que du bien du pays,

Et quand le courtisan avide,

Renonçant à son art perfide,

Pour prouver sa fidélité ,
Au souverain dira la vérité. »

A la condition qu'y met notre bonhomme ,
S'il revient à Paris, je l'irai dire à Rome.

FIN.

NOTES.

NOTES.

—

(1) C'est un fait digne de remarque que les jésuites ont pres-
que toujours trouvé protection auprès de ceux qui devaient le
plus les redouter.

Cette société , par son affiliation mystérieuse et ses maximes
sanguinaires, a beaucoup de ressemblance avec le tribunal se-
cret d'Allemagne dans les temps barbares. Malheur à celui
qui encourt leur disgrâce ! malheur surtout au prince qui a
l'imprudence de les tolérer ! Mille exemples nous ont prouvé
que c'est principalement pour les têtes couronnées qu'ils ai-
guisent leurs poignards. Bannis d'une partie de l'Europe , ces
reptiles sanglants se reproduisent sans cesse , et parviennent
même à se glisser jusque dans le conseil des rois.

Clément xiv, ce pontife si célèbre par son savoir et ses
vertus évangéliques , connaissait bien l'esprit de l'ordre lors-

que, forcé de les chasser de ses états, il prononça ces paroles mémorables, en signant leur révocation :

Sottoscrivo la mia condanna.

« Je signe ma condamnation. »

En effet, six mois après il mourut empoisonné ; et ce forfait odieux fut , en Italie, généralement attribué aux jésuites.

(2) Ce n'est point l'affaire de Waterloo qui a précipité Napoléon du trône. Le gain de cette bataille eût pu retarder sa chute, mais ne l'aurait point empêchée : la constitution de Louis XVIII, de ce grand roi si peu apprécié de nos jours, était un mur d'airain contre lequel tous les efforts du conquérant devaient se briser. Il eût fallu, pour combattre avec d'égales armes, qu'il offrît des garanties capables de balancer les avantages réels que nous promettait la Charte librement jurée ; et les additions aux constitutions de l'empire, en trompant l'espoir de la nation, ont décidé du sort du captif de Sainte-Hélène. Le législateur l'avait prévu : il a bravé la tempête en se faisant un bouclier de son œuvre immortelle.

Cependant tout est remis en question ; on méconnaît l'arche sainte à laquelle on doit son salut, et l'émigration semble avoir oublié son exil et ses malheurs.

Quel est donc votre espoir insensé en rouvrant l'abyme des révolutions ? Pensez-vous remettre dans les fers un peuple vaillant, qui a le sentiment de sa force et de votre faiblesse ?

Je conviens que l'égalité devant la loi doit vous déplaire ; mais n'avez-vous pas un milliard chaque année pour compensation ? L'eussiez-vous obtenu dans le temps du bon plaisir ? Non. L'infortuné Louis XVI, vous ne le savez que trop, fut victime du pouvoir absolu. Que lui fallait-il pour empêcher la révolution ? Cinquante millions ; et il lui a été impossible de se les procurer.

(3) Je ne m'attendais pas que ces vers dussent recevoir une nouvelle application. Le ministère Polignac a voulu aussi viser à une triste célébrité ; et, pour la seconde fois, un écrivain est confondu avec des malfaiteurs.

Je suis loin de vouloir excuser celui qui, en manifestant sa pensée, a dépassé toutes les convenances : sa condamnation est juste. Mais, je le dis sans crainte d'être démenti, dans un cas semblable Auguste eût pardonné ; et Charles pardonnerait, sans doute, si la vérité pouvait parvenir jusqu'à lui.

On ne doit point juger le roi d'après les actes de ses ministres. C'est à son avénement au trône, en abolissant la censure, que l'on a dû reconnaître Charles X agissant d'après l'impulsion de son cœur : car il n'est pas un seul courtisan capable de lui inspirer une pensée généreuse.

(4) Ce vers pourrait s'appliquer à l'un de nos seigneurs du sang le plus illustre.... par les femmes, s'entend.

(5) Oui, sans doute, il faut que la religion chrétienne soit toute divine pour avoir résisté pendant tant de siècles à la corruption de ses ministres.

« Mon royaume n'est pas de ce monde », disait le divin fondateur; et ses représentants envahissent les biens et les honneurs de la terre, et font d'une mission céleste un métier mercenaire. Le chef de l'église catholique est prince; il a une garde, une cour et tous les attributs de la souveraineté terrestre : cependant l'Évangile ne le fait que le pasteur des âmes. Ses vicaires prêchent le mépris des richesses et des grandeurs humaines, et les possèdent sans y renoncer : moyen de persuasion semblable à celui d'Aristote, qui fréquentait la cour en défendant aux autres d'y aller.

(6) Disons la vérité, mes chers frères : où en seriez-vous s'il nous tombait du Ciel un ministère composé d'hommes probes et capables? comment remplir chaque jour vos quatre grandes pages in-folio? Certes la tâche serait difficile, pour ne pas dire impossible. Convenons-en donc, si vous êtes indispensables, vous le devez à nos pygmées politiques; et l'ombre seule d'un Colbert ou d'un Sully suffirait pour faire de l'état de journaliste un fort méchant métier.

(7) Les Français, pendant vingt ans de guerres continuelles, n'ont point connu les malheurs qu'entraîne à sa suite ce fléau dévastateur. C'est seulement en 1814 qu'il ont su, pour la pre-

mière fois, ce que coûte la présence de l'ennemi dans ses foyers.

(8) Les massacres de la rue Saint-Denis justifient cette assertion.

(9) Le mode de recrutement d'autrefois ne saurait être oublié dans les calculs ministériels. En effet, en composant l'armée de la lie de la population, on aurait le double avantage de pouvoir, sans injustice, refuser de l'avancement à l'ancienneté, et de posséder une troupe plus dépendante, dont on se servirait au besoin. Il reste cependant une petite objection : les chambres voudront-elles forger des armes que l'on pourrait avoir l'intention de tourner contre elles?

(10) La méprise du bonhomme Mathieu est excusable : elle peut arriver à tout le monde; et je défie à l'œil le plus exercé de distinguer un officier supérieur de certains valets de bonne maison. Eh! messieurs du privilége, vous qui êtes si chatouilleux sur le point des distinctions, il me semble que vous accordez une grande licence à messieurs les étrangers : car ce sont eux principalement qui, dans l'uniforme de leurs chasseurs, ont dépassé toutes les convenances. Si les écrivains sont confondus par vous avec des voleurs et des faussaires, on conçoit votre motif; mais, ce que l'on ne saurait comprendre, c'est

votre tolérance pour un usage étranger qui blesse tous les regards.

Permettez-moi de vous faire observer que tous les officiers-
généraux ne sont pas des déserteurs, et que, nous autres pauvres gens du tiers-état, nous sommes extrêmement choqués de
voir figurer derrière une voiture l'épaulette à gros grains que
porte le roi de France.

FIN DES NOTES.

www.ingramcontent.com/pod-product-compliance
Lightning Source LLC
Chambersburg PA
CBHW061649180626
46818CB00003B/1028